KB152047

혜화동 5번지

혜화동 5번지

탁운우 시집

도서출판 한결

무엇을 위해 살아왔는가를 질문하며 새벽 키보드
를 두드렸다.

"나는 존재하느라 으깨어진 것 같아요."
뒤라스의 고백을 듣던 날,
으깨어진 것은 그녀의 인터뷰가 아니라
땅에 엎드린 집을 짓고 땅과 친밀한 희망을 짓고
땅과 친밀한 연대를 쌓고 싶던
우리의 짧은 고백이었다.

깊은 새벽.
나를 깜깜한 어둠속으로 밀어 넣던 질문들을 꺼내
시를 썼다.

어쩌다 태어나 돌아가지 못하고 살아내는 나와 당
신과 우리들
실패하며 조금 더 멀리 돌아가도 괜찮다고

　그래서 마지막 눈 감기 전에 더 멀리 돌아간 실패에
아쉬워 말자고
　더 멀리 돌아가 깜깜한 어둠 속에서 길을 찾던 우리
는 어둠 속이라는 것조차 모르는 당신들보다 아름답
다고 말해주고 싶었다.
　연민을 괜찮다는 우리의 고백으로 나누고 싶었다.

2020. 12.

불을 끄고 서문을 쓰다. 탁 운우

차례

제2부 늦은 점심

제3부 푸른 강을 거슬러 집으로 가는 길

제1부 패도의 세상 꽃은 피고 지고

다리 가까운 데 오르는 법

한 사람이 떠나자 우리는 다 같이 서로의 모가지를 끌어안았다 겸손한 단 한 사람만이 골목 끝 세탁소를 향했는데 도시의 하수가 끝나는 지점에는 겸손한 시민을 위로하는 희망세탁소가 운영되고 맑고 깨끗한 운영을 위해 매달 시민의 주머니에서 적정액이 이체되지만 누구도 세탁소 시민이 되는 건 진실로 꺼린다 세탁소에서는 매번 적정한 매뉴얼로 시민의 불행을 희망으로 재생시킨다고 광고하지만 누구도 겸손한 불행이 지워지거나 회복된 적이 없다는 것을 잘 알고 있다

　　　더 이상 비상할 무기도 없어 모가지를 걸어두고
　　　　　　　　　출근하던 날

도시의 하수 세탁기의 프로세스를 통과하다 말고 세상과 작별한 시민의 소식을 듣는다 오늘도 세탁소 매뉴얼은 겸손한 시민의 자세를 조금 더 착하게 재

생하려 애쓰고 속삭인다 오늘 네가 떨어진 그 다리
는 별게 아니라고 조금만 더 겸손해지면 오늘 떨어
진 그 다리에 다시 오를 수 있을 거라고 우리는 차마
무거워 흘리지 못하는 눈물을 지우고 다시 다리에
오른다

혜화동 5번지

모래 발자국을 그린다는 것이 사막에 끼인 모래알
을 그렸어
빗물 밴 골목으로 저녁이 내리고
혜화동 5번지로 복지사가 다녀갔어

말랑한 햄버거를 삼키던
당신이 말했지 가면은 당신과 어울리는 단어야
아마 그날 눈이 내렸던 것 같아 나는
당신의 입술을 조금 열어 검은 공기를 환기시켜 주
었지

당신은
우는 것 같더군
복지사에게 말해줘야 할까 봐
당신이 사라졌다고 그래서 찾는 중이라고

당신이 좋아하는 사막을 그려

사막에 갇힌 어둠을 수거해 당신의 입술에 매달아
아, 펜촉이 왼쪽 집게손가락을 스쳐서
피가 나는 중이야 붉은 입술이 떠올라
나의 꿈이 반 고흐라고 입술을 비틀며 웃던
당신을 갈기자 당신이 사라졌지

바람을 일으켜 모래 관棺을 만드는 중이야
당신을 향해할 치사량의 모래
혜화동 5번지 당신이 들어서는 걸
알아봤지만

이미 늦었어
누군가 발견하기를 명복을 빌어

달걀의 한 꺼풀에서 지도를 읽는 아침

출근길 어머니가 재촉하며 꺼내놓은 달걀
투명하긴 하지만 좀체 벗겨지지 않아
너를 벗기려면 특별한 주문이 필요할지도
투명한 네 뼈를 녹일 바람이라도

물러서지 않는 한 너는 제자리를 지키겠구나

이제껏 세상이 알아줄 자리 하나 지키지 못해
물러서며 깨지는 욕망에 침 뱉던 날들
돌아서며 번지던 눈물

위에서 위, 아래에서 아래, 앞에서 앞으로, 뒤에서
뒤로

다시 일어설 때는 껍질 속에 또 한 껍질을 넣고 살
자고
희망은 희망대로 절망은 절망대로

껍질은 언제나 필요한 거라고

달걀의 한 꺼풀에서 지도를 읽는 아침

땅 위의 꽃이 어떻게 시들었든

오랜 여행에서 돌아와 보니 알로카시아가 보이지 않았다 지난여름 사막보다 뜨거웠을 베란다에서 저 혼자 한낮을 보낸 알로카시아는 먼지처럼 풀썩이는 이파리만 남긴 채 죽어 있었다 미련 없이 버리자 싶어 죽은 놈 제사 지내듯 화분을 거꾸로 들고 힘을 쓰는데 뿌리를 잡고 놓지 않는 저 갈피갈피의 흙덩이

저 위의 꽃이 어떻게 시들었든 저 아래의 뿌리가 어떻게 죽어가든 치렁치렁 눈물을 매달고 온 힘을 다해 저항하는 저 붉은 싱싱한 힘 나는 차마 더는 화분을 흔들 수 없어

사물은 당신이 보이는 방향에서만 가깝습니다

명절에 들어온 상자들 속에서
맨 아래
살빛이 물러져 빛을 잃은 사과

가을빛 아래 그도 한때 빛나는 무엇이었을 텐데

잊힌다는 것이 이런 것인가
한 번 사라진 존재는 웬만하면 사정권 안으로 들어
오지 못해
그리움의 존재에서 나머지의 존재로
매일 매일 사정권 아래로 밀려나는 당신

어쩌면 다음에라는 인사를 너무 많이 믿은 탓일까

사물은 당신이 보이는 것보다 훨씬 더 가까이에 있
습니다

아닙니다
사물은 당신이 보이는 방향에서만 가깝습니다

혁명의 시대

높이를 잃었다고 생각해
집으로 돌아오는 버스 안
네가 미끄러진 어떤 곳

촉수처럼 예민한 너의 평생이
낡은 버스 속 팔걸이에 기대다니

민들레 뿌리보다 더 깊이 박힌
너의 가난을 어쩌지 못해
종양이 자라는 뇌수 한쪽을
봄빛인 양 살았구나

조문도 혁명처럼 빛나던 시대
버스 속 팔걸이에서 네 평생을 놓치다니

조문을 마치고 돌아오는 길
튀니지의 재스민[1] 혁명을 듣는다

23■

순수할 권리

평생

사람이 주는 커피 열매만 먹다가

우리에 갇혀서

커피 똥을 싸다 죽는 고양이처럼

이제 우리는 순수할 권리를 잃은 것인가

오늘도 망치는

벽을 뚫지 못했다

꽃피는 시기

하룻밤 삼천 원이 나의 잠을 결정한다

오늘 나는 삼천 원이 없다

일진이 나쁘다

재수 없는 일진이 쌓여

인도 중간 어디쯤 스티로폼을 편다

같은 나무에서도 꽃 피는 시기가 다 다르다는데

나의 꽃 필 시기를 따져본다

소금기 가득한 밤

하늘의 별이 붉다

아우의 체 게바라

가난한 아우의 집에서
짬뽕에 소주 반병을 했다
녀석의 집에는
체 게바라 평전이 포섭된 사상가처럼 먼지를 이고
있는데

나는
꾹 다문 녀석의 대가리에 대고
잘 먹고 잘살아라
일갈하고는
낡아서 제구실을 잊은
우리의 푸른 제복을 아우의 책장 너머에 버려두고
왔다

지하철은 한없이 느리고
뻔뻔하게 승자를 갈아치우며 달리지만

나는 아직도 의자를 갈아치우지 못 한다

남일당[1] 망루에 오르다

그날 남일당 빈집 창으로
너의 뼈가 너의 숨이
하늘로 올라

그대의 일생이 오르던 등짐에서

가벼운 다리가
가벼운 어깨가

과산화수소를 맞으며
망루를 추락해

거기 깊게
거기 벽과 방바닥

하늘을 뚫고 흐르던 저 무수한 어제가 부글거린 검
지들 사이로

남일당 거기

깊게 땅을 파고 묻으면
완력을 잃은 채
기어코 맞던 그해 겨울이

그대의 어제가
그대의 내일이
무리 지어 흘러, 꽃물로 흘러

---

1) 남일당: 용산 참사가 일어났던 건물

두 개의 문

하루하루 낚싯밥을 들어 올리느라
수심이 깊은 그곳에서
당신이 피고가 되어가는 것도 몰랐어
왼쪽 가슴
오른쪽 인대 파열

몰랐다는 변명을 위해
당신을 위로해

두 개의 문 앞에서
겨울을 맞으며 보내 버린 시간

괜찮아

그 끝에 당신이 벼랑으로 섰더라도

나는 당신을 피고로 세우지 않을 것

불빛보다 따뜻한

당신의 방향이 옳았어

내전의 기억

교환가치를 잃은 땅에는 고양이만 늘어갔다

한밤중 문을 두드리면 파자마를 입고 나와 아스피
린을 건네주던 경수네 약국도 문을 닫았다

나팔꽃이 올라가던 경수네 약국이 사라지자

골목은 옆집 누나가 애를 가졌을 때처럼 흉흉하다

집을 팔아 사람들이 떠났고 남은 사람들이 소송을
시작했다

붉은 스프레이로 쳐부수자 조합 놈이라는 현수막
이 나붙고

남은 사람들은 끼리끼리 울거나 웃었다 늙고 병들
고 후미진 골목들이 새로운 이름으로 빛나는 순간
이웃은 때때로 적이거나 동지였다

우리는 그 시절을 함께할 공평의 계산기가 없었고

덧셈과 뺄셈법도 같지 않았다

합의라 부르는 어떤 욕망도 공평을 해석해 내기는
어려워

가능한 모든 변명을 들어

악수하던 날

피 흐리던 내전의 기억 함께 멈췄다

고양이의 명도銘刀

밤새 투쟁을 벌였을 녀석의 토사물
햇빛에 붉어
뭇 발에 걸리고 다져 온 삶의 명도가
등허리에 거뭇한 딱지로 남았다

상처는 그 자체로 낙인이지만
그렇다고 모욕당한 하루를 그냥 둘 수 없어
저 붉은 속살을 베고 또 앞으로 넘어졌나

고요한 우주를 걸어
필사의 생을 걸어왔을
녀석을
고요히 장사 지낸 아침

울먹이는 소리 꽃으로 쌓여

노인의 꿈

질긴한 햇볕이 아스팔트에 눌어붙는 한낮

몸통보다 더 큰 파지를 실은 노인의 리어카

빈틈없이 들어찬 생의 행진이 뜨거운 수프처럼 쏟
아져 노인은 잠시 무릎을 꺾는다

각혈하듯

팔호광장 교차로의 차들이 멈춘다

목이 부러진 선풍기 한 대가 노인의 리어카를 벗어
난다

갈퀴 같은 발가락이 허덕이며 선풍기를 쫓는다 붉
은색 신호등이 녹색으로 바뀐다

하늘로 부풀어 오른 노인의 리어카가 튀밥처럼 부
서진다

설익은 아침밥이 튀밥처럼 번지던 오늘 노인의 방
에는 혼자 남은 아내가 잔기침을 하고 있었다

빨간 꽃물이 깨어진 선풍기 조각에 닿아

모빌처럼 흔들리고

노인의 맑은 눈물 바닥에 닿는다

평생 균형을 모르던 한쪽으로 몰린 눈동자
입술을 깨문다

전망 좋은 방

햇살이 부끄러워 이마를 가리고 마지막 집의 난간
을 부순다

오래전 한쪽 허리가 기운 빈집은 해머가 닿기도 전
에 먼저 무너졌다 마당으로 석면가루가 쏟아지고 봄
빛에 풀린 흙 사이로 채송화 꽃잎이 붉다 붉은 꽃잎
이 옷장에 머리를 박고 자해하는 아들의 생채기를
닮아 고개를 돌린다 혼자 놀고 있을 아이는 잠긴 방
문 안에서 꿈을 꾸고 있을까 목이 따갑다 올려다 본
옥상으로 경찰통제선이 그어졌다 낙서조차 없던 전
망 좋은 방에서 입을 꽉 다문 채 죽어있던 노인 빈집
된 지 반년이 넘었어 누가 죽어간들 알 게 뭐야 아버
지는 나팔꽃 하나를 분갈이하면서도 말했었다 뿌리
가 깊어야 사는 거야 얇은 뿌리조차 건사하지 못한
나는 오늘 도시의 전망 좋은 방 하나를 철거했다

천 길 허방

겨울 한기를 흔드는 시계추
청바지 솔기를 재봉틀 바늘이 건넌다
툭 툭 툭
바늘이 지난 자리마다 소금길이 생긴다
소금가마니 지고 가는 낙타의 새벽
낙타의 등 넓이도 알아야 해
낙타가 감당할 소금가마니를 알아야 하거든

나를 아는 것은 중요하지 않아
내 밖에 있는 너를 알아야 해
내가 너의 어느 편에 서야 할지 방향을 알려면

엎드린 먼지를 툭툭 턴다
어제는 난생처음 시위를 했다
시급 830원을 올려 달라고
어제 다친 허리가 시큰거린다
자꾸만 내려오는 눈썹

그녀의 팔, 툭 떨어진다 천 길 허방

1) "시급 830원 올려달라"실형 받은 홍대 청소노동자 항소심 기
각 2017년

끝내 이기는 것

더 부서지지 않기 위해서
다른 길을 간다는 후배에게
당신의 바늘 끝이 떨고 있는 한
그대의 방향을 믿어도 좋다고 신영복 선생의 말을
빌려야 했을까

우리는 이별 선물로 선인장을 건넸고
그녀는
사막에서도 견딘대요 서너 달은 물 없이도 산다네요.

회복 탄력성이 좋다는 건가
그것과는 달라요

처음부터 상처 따윈 없다는 뜻이에요

나는 다시 그녀를 붙잡고 고대 이집트나 메소포타
미아에서는 일생을 다스리는 안전핀이 바늘이었다고

찌르고 꿰매고 여미며 끝내 이기는 것이 바늘이었
다고
말해주어야 했을까

제2부 늦은 점심

늦은 점심

아직도 촉망받는 것들의 공공성에 대해

고민하는 당신과 늦은 점심을 먹는다

당신은 인조 자작나무 이파리에 내 생일 축하카드
를 매달고 돌아온다

팔다리가 따로 붙어 있는 이유를 알겠다

포크와 나이프가 스테이크를 벗어나 자꾸만 엇갈
린다

세월이 지날수록 볼펜을 끼우는 중지 옆으로 굳은
살이 올랐었다

촉망받는 것들을 위해서라고 했던가

단단하게 새겨진 굳은살이 뿌옇게 갈라진다

이제 당신 마음은 헤아릴 수조차 없어

아니 내 마음이 그렇지

당신과 내가 하나의 뿌리처럼 그렇게 땅 밑에 갇혀
있던 때

자꾸 생각만으로 걸어간 길을 설명하려 애쓴다

인조 자작나무 이파리가 자꾸만 떨어진다

못질

나무 벽에는 쉽게 못이 들어갔다
단 한 번의 못질에도 쉽게 제자리를 내주는 벽

지난여름 이사한 집에서는
단 한 번의 망치질도 성공하지 못했다
자로 재 정확하게 날아간 망치에도
못을 토해
내 손을 찌르던 벽

토해낸 자리마다 들어차던 깜깜한 어둠

다시 빼도 되지 않을 단단한 못자리는 없었을까

오늘 나는
차라리
저 벽이 되어보기로 한다

필요한 건 속도가 아니라 거리

세상과 당신 사이
당신과 나 사이

헤어지지 않기 위해 필요한 건 속도가 아니라 거리

당신이 좋아하던 사회주의 내가 좋아하던 시폰 블
라우스
베이킹 파우더와 소다의 간격
커피믹스와 원두의 속도

헤어지지 않기 위해 속도를 내다보면 언제나 방향
은 이별 속

세상과 나 사이 나와 당신 사이
필요한 건
속도가 아니라 거리

불안 소거 매뉴얼

해고통보는 마른 날 소나기처럼 기습적이다
꿈마다 오줌을 지렸다.
늙은 사냥개가 숨을 헐떡이며 쫓아왔다
어머니 말대로였다
네 년 팔자가 칠칠치 못해서 한 곳에 진득하니 허
리 붙이고 살 팔자는 못 된다고
빼도 박도 못한 채 주저앉아 오줌을 지렸다

가끔 내가 사냥감인가 궁금해질 때가 있다 오늘은
사냥개에게 쫓기는 꿈을 꾸었다 하얗게 밤을 새워
다이얼을 돌린 전화기에서는 "자살하고 싶다는 당
신은 참 소중한 존재입니다."를 반복 한다 매뉴얼의
반복이 지겨워 조그만 소리로 '시발'이라고 했다가
다시 겸손하게 감사라고 바꾼다
그도 밤의 노동자이기는 매한가지

오늘같이 불길한 날은 심장을 잘라 프라이팬에 굽

는다 나의 불안을 스트로크[1] 부재라고 진단하던 상담사의 기억도 뜯어내 프라이팬에 굽는다 울음소리가 튀어나올 것 같은 등줄기의 두려움도 박-박 긁는다 슬픈 착취로 번성하던 플라스틱 카드도 꺼내어 굽는다 엎드려 살던 슬픔이 피아노 건반 위에서 춤춘다

---

1) 스트로크: 심리학 "에릭 번"의 '교류분석 이론으로 접촉과 인정에대한 욕구는 "스트로크"에 의하여 충족이 되는데, 이는 '타인의 존재를 인정하는 모든 행위'를 말한다.

출처: https://redrails.tistory.com/3 [Romantic Egoist]'

자폐

어두운 복도에서 고양이를 만났다 열여섯 번째다 며칠 굶어서 달라붙은 뱃구레와 달리 눈빛이 칼끝 같은 고양이는 저를 안고 있는 관절을 물었다 붉은 핏물이 몇 달째 단수 중인 세면대를 적셨다

어제 인사담당자는 단수 통보하듯 해고문자를 보내왔다 대학 졸업 후 일 년을 채우지 못하고 받은 해고문자는 너무 많아서 일일이 세기도 힘들다 재개발 통보가 나붙은 어머니의 아파트 어두운 복도마다 고양이가 들끓었다

그리운 것들이 돌아오기에는 너무 먼 밤

슬픔을 향한 전화번호를 지우고 골목을 지우고 현관문의 번호를 지운다 눈물을 데워 고양이와 아침 식사를 나눈다 직립으로 보행하던 발자국 오래 아프다

빈 바람벽을 이고 가위눌리던 밤

시작된 곳에서 다시 출발하는 것이 좋습니다.
휴직계를 내고 찾아간 곳에서
발작성 불안이라며 상담사는 과거로 돌아갈 것을
권유했다.

나이 들수록 가위눌리는 일이 잦아지고 아침이면
흔적도 없이 사라지는 최초의 기억으로 공포가 절정
에 이르렀다.

가위눌림이 반복되는 최초의 기억

재개발로 묶인 오래된 집 백일홍을 키워내던 수돗
가 눈 부신 햇살 공포를 잠재우던 마당
불쑥 튀어나온 어머니
꽃이 그려진 노란 담벼락 만화처럼 헤매던 풍문
빈 못자국 따라, 한때 못 위를 장식했을 가족, 빈 바
람벽을 이고 가위눌리던 밤

방울방울 끓던 뜨거움 어머니와 그대 사이 없었겠
는가만
　빈 벽과 빈 벽 당신과 그대 사이
　피해야 할 틈과 남겨야 할 틈을 몰랐다는 고백
　오랜 기간 고요한 틈 속에서
　등 돌린 채 고였던 어둠 하나
　툭 떨어져 환해진 하루

　발작성 불안이 고요해진 하루

묵호항

죽기를 작정하고 찾아간 바다
밤새 오징어 떼 쫓았을 그가
골목 안 끝 방을 보여주었다
문을 밀자 저 편
어둠이 바득바득 두께를 더한 삶
먼지가 일었다 꺼져 내렸다
모노륨 장판 쓱, 쓱, 문지르고
깨진 물잔 위 양파를 올린다

세상에 버릴 것은 하나도 없으니까

장기판 졸이었을 남자와 나

눈부실 것 하나 없는 세상에 와서
살아생전 하얗게 뿌리를 내린다

눈발 날리는 묵호항

그리움의 지도

가벼운 장난감과 무거운 장난감이 동시에
떨어지는 이유를 말로 설명하느라 진땀을 흘렸다

베이킹파우더와 소다처럼 비슷하거나

아주 다르다

사막이 아니어도 낙타는 땡볕 아래 고개를 숙이지
않는다

나의 자유도 당신의 자유와 같을 것이다

나의 땡볕도 당신의 땡볕과 같을 것이라 믿는다

그리움이 어디로 향하든 떨어지는 속도는 같은 거
라고

네게로 펀딩한다

얼떨결이었다
그 여름 펀딩을 결정한 짧은 순간
너의 오뚝한 콧날이 아름다워서만은 아니었을 테고
시황판에서
오로지 나는 너의 눈만을 바라보고 있지만
하루는
못다 쓴 일기처럼
차곡차곡 개켜져 기울고 있다

워런 버핏을 꿈꾸는 너의 시황판은 오늘도 내 손을
꼭 잡고 놓지 않았다

시황판이 온통 붉은색으로 타올라
시폰 원피스에 감기던 어떤 날들은 기억해야 한다

설레던 파릇한 기억들
나는 네게로 펀딩한다

뒤라스의 고백

인도차이나 출신의 소설가이며 시나리오 작가 인
터뷰를 듣던 저녁

"나는 존재하느라 으깨어진 것 같아요."

으깨어진 것은 그녀의 인터뷰가 아니라

땅에 엎드린 집을 짓고

땅과 친밀한 희망을 짓고

땅과 친밀한 연대를 쌓고 싶던

나의 짧은 고백이었다

빈센트 반 고흐 "별이 빛나는 밤에"

달빛이 심장을 덮던 밤 유채꽃이 핀 온 마을이 환했지 마을이 늘 노랗지는 않아 네가 늘 행복하지만은 아닌 것처럼 그해 비 내리던 포장마차의 등받이 없는 의자에서 선 채 이별을 맞았지 비가 내리고 다리를 꼬고 앉은 너의 여름샌들 발가락 사이로 하얗게 빗물에 젖어들었지 마을 교회의 첨탑을 향해 네가 걸었어 치마 아래 젖고 있던 네 맨발이 내게 말해주었지 아주 오래 영원히 보지 못할 거라고 다시 교회 앞 나무 밑에서 널 만났던 날 별이 빛나는 밤이었을 거야 길게 접힌 널 안고 마을을 들어서며 신이라도 울었을까 생각했지 사랑해 다시 "별이 빛나는 밤"을 볼 수 없어서

편지

답장을 보내지 못했다

청소부 김씨가 느티나무 잎을 모아 포대에 담고 있
다고
네가 걸어간 흰 벽을 가로질러
먼지가 쌓여가는 하루를 보냈다고
느티나무가 봄을 잃고 있다고
뾰족한 잎사귀를 기억하느냐고
어제는 손톱만 한 은행나무 잎들이 기척을 내며 자
라고 있었다고

갓 도착한 포항 과메기가 바람 속에 어지럽다고

어느 벽에도 걸리지 못한 편지가
흰 벽을 지나 사소한 군중을 지나 거리를
슬픔이 어룽거리는 골목을 빠져나갔다고

생각해 보니 우리의 흔들거림이
아주 사소했다고

성실한 관계

소고기가 먹고 싶다고 친구에게 문자를 보낸다
그러나 내게 필요한 건 소고기가 아니라
소고기를 함께 먹고 싶은 당신이었다

고양이를 사랑하지만
실은 고양이가 나를 사랑했던 것과 같이

청평사

눈이 펑펑 내려 청평사 골짜기를 덮어버렸다며 그
때 그는 게이꼬와 함께였고 그렇게 처음 아일aisle에
서 게이꼬를 보았다 목까지 올라오는 상아색 셔츠에
빨간색 매니큐어 그녀가 인권변호사라는 것도 잊게
했다 기모노 시연회를 했다는 게이꼬의 말을 들으며
아무 데나 펼치면 그대로 이부자리가 된다는 역사
시간의 한때를 떠올렸다 게이꼬는 다자이오사무와
나쯔메소세키를 모르면서 평화의 소녀상을 위해 하
루를 냈고 눈 쌓인 청평사를 다녀왔다 그해 나는 없
어질까 두려운 첫.첫 마음으로 청평사를 질투했다

예부룩에서

호모 사피엔스의 종말을 말하던 쥔장은
카페에 온 녀석들을 상대로 스무 병의 맥주를 팔았
는데

스무 명의 녀석들이
스무 병의 맥주를 스무 번 긁더라 카드를
사피엔스의 종말이야

몸의 최적화를 말하는 90년생은
한창 시에 빠져있던 그때
공지천 얼음 위를 맨발로 걸었죠. 새벽 두 시의 겨
울 강

네가 무슨 청둥오리냐!
몸의 체적화를 위해서요

몸의 체적화 그게 무슨 헛소리냐

차라리 마트에 가서 닭가슴살을 뜯는 건 어떠냐
아뇨 전 그냥 청둥오리로 살래요

선배
종말은 오지 않을 거예요
맥주 한 병에 카드 한 번씩 그렇게 스무 번을 긁는
다 해도

그래도 맥락은 있잖아요.
맥락이 사피엔스를 구원할 거예요

진료실 풍경

그림자도 보기 싫다는 사람들을 붙들고
화투 밑장 빼듯 숨은그림찾기를 한다
사실 시작조차도 허망하긴 매한가지
누구도 거짓말을 하지는 않지만 그렇다고 바른말
은 하는 것은 아니어서
가령 십 분도 마주하기 싫다고 하지만 십 분도 싫
다면 당신은 아예 이곳의 문턱을 넘지 말아야 했다

사실은 말랑말랑하게 좀더 가까이에서 당신을 보
고 싶다는 말이 옳다

큰 돌을 잘 쌓고 싶다면 아랫돌을 잘 살펴야 하는데
윗돌 더 근사한 돌 멋진 돌을 살피느라 아랫돌의
어제를 지우려 한다

화투도 밑장 빼면 한 판 더 두어야 하는 법

빗나간 과녁을 돌아 당신과 나 우리

한 판 더 숨은그림찾기를 하자

양파가 자라는 시간

말을 하지 못하는 대신 마음이 깊고 귀가 밝은 그가
하루 일거리를 공쳐 돌아오던 겨울 끝
거리에서 주운 무른 양파 하나

천길 고도, 깊은 골목엔 저녁 짓는 향기가 굴러다니고
문밖 시린 바람결에
젖은 양파를 들고 섰던 그

양파는 외풍 센 창가에서 사흘을 보내더니
물컵 아래 하얗게 뿌리를 내렸다

저것 봐 세상엔 버릴 게 없다니까

눈부셔 눈부셔

그 밤 세반고리관을 적시던 태고의 소리

장기판 졸卒이었을 당신과 내가

졸卒을 세워 장將을 잡는 꿈을 꾸던 밤

램프가 있던 자리

멀쩡하던 램프가 바닥으로 떨어졌다.
산산 조각난 유리를 밟으며 바람이 들어왔을 창문
을 닫는다

늘 그 자리에 있어야 램프인데

섬처럼 반짝였을, 어느 하루,

못 머리에 금 그어 가늠하던
그리운 손자국
바람이 들어왔을 창문을 닫고
유리 조각을 치운다
천장의 손자국도 지운다

제3부 푸른 강을 거슬러 집으로 가는 길

상처

누군가 저 벽에

칠흑 같은 틈을 냈다

깊고 무거운
버리고 싶은 틈 하나

밖에서 들어와 박힌 그것이 아니다

내 안의 그리움이 돋아난 것이다

오래된 슬픔

손닿기 어려운 맨 윗간

마음이 닿기는 더욱 어려운 그곳에 너를 밀어 넣어

혀가 꼬부라지도록
친절을 피해 간 나의 하루를
오래된 달걀들 사이로 밀어 넣어

잠이 없는 그것들을 언제 다시 꺼내볼지 몰라

하늘 먼 끝자락 손닿기 어려운 맨 윗간

마음이 닿기는 더욱 어려운

오늘도 그곳에 너를 밀어 넣어

관계

사람이 함께한다는 것은 고슴도치가 서로를 껴안
는 것과 같다고
아버지는 강낭콩을 심을 때조차도 간격을 띄었었다

오래 함께 한 친구가
너는 도대체 알다가도 모르겠다고 한다면
나는 도대체 얼마나 너에게 알은 척을 해야 하느냐
고 항변하면서
강낭콩의 반 푼도 안 되는 나의 배려를
천만분의 일처럼 억울해 한다
인간은 얼굴을 돌린 방향으로 걷는다고 하는데

우리는 다른 쪽으로 방향을 돌린 채 마주보는 법을
잃었을지 모르겠다

아버지의 목소리

여름내 비워졌던 화분 안에서
푸른 잎 하나 올라오고 있다
돌아가신 아버지가 뿌리고 거두던 화분

화려한 여름 다 버리고
가을빛 기우는 이제야 싹을 올렸다

제 몸보다 큰 떡잎을 지고도
비명 하나 지르지 않는 뿌리의 힘

뿌리가 있다고 다 여름에 꽃을 피우는 것은 아녀

아버지의 목소리

누이의 영정

비가 내렸다 느티나무 잎들과 늦게 핀 여름꽃이 언덕의 빗물로 쓸렸다 4년 전 누이 영정을 안고 오르던 길, 8월 햇살이 언덕을 달구고 사람들은 지쳐서 휴게소이거나 나무 그늘에 앉았다 슬픔도 더위를 탄다 검은 나일론 양복으로 뜨거운 바람이 불었다 검은 리본 안에서 누이는 어제와 같이 웃는다 햇살이 동글동글한 콩자반을 닮았다

한동안 콩자반이 싫었다 어머니는 늘 외출 중이고 우리는 달고 윤기 나는 콩자반에 물을 말아 먹었다 스물 둘이던 여름 휴가지에서 막 바다를 가로지르던 중 누이의 전화를 받았다 누이의 전화는 노르웨이 숲으로 이어지는 컬러링이 끝날 즈음 비명과 함께 사라졌다 바다의 색깔이 검은색인 줄 알았고 사람들이 나의 비극으로 입을 닫은 줄 알았다 차를 몰아 병원으로 오는 동안 단 한 번도 누이 외에 다른 비명은 들어오지 않았다 나를 맞은 것은 한숨에 젖은 부모

님과 시트 밖으로 삐져나온 누이의 흰 손 핏방울

　레몬 조각 같은 시큼한 눈물이 누이의 발끝에 떨어
졌다 실직 중인 아버지는 한낮에도 집에 없고 어머
니는 내일까지 살아 낼 소금을 굽느라 집에는 나와
누이뿐 봉숭아 꽃잎이 익어가는 여름과 대추알이 막
여무는 처서까지 꽃잎을 찧어 백반가루를 서로의 손
톱에 얹어주던 전설이 끝났다 그해 나는 8월 언덕에
있었다

북산상회

봉의산 가는 길에 북산상회를 지나다 북산상회가
있던 집은 간판이 떨어진 채 담장으로 점술가의 붉
은 기만 날리고 있었는데 큰 아주머니가 장사하던
북산상회에 어느 날 젊은 아주머니가 들어와 함께
장사하다가 또 어느 날은 어머니 심부름으로 됫박
쌀을 사러 갔더니 작은 아주머니 혼자 쌀을 담아 주
었다 어머니 말로는 아들을 못 낳는 큰 아주머니가
작은 아주머니를 들여 아들을 낳고는 그 길로 약을
먹고 죽었다고 했다 나는 어머니에게 북산상회 작은
아주머니 이야기를 들은 다음부터 그 집에 무엇을
사러 갈 때마다 "큰 아주머니 때는 이러지 않았는데
요."라며 쓸데없는 말을 하곤 젊은 아주머니를 째려
보기도 하였다 그리고 밤에 북산상회 골목을 지나갈
때면 큰 아주머니가 획 나와 보는 것처럼 무섬증이
생겨 악악 괴성을 지르며 뛰어가곤 했다

화양연화

석탄 저장고가
들판에 널려 있고
역사 뒤로 칸칸이 기차가
들이차던 시절

아버지를 만나러 역사에 갔다.
간조를 타면
울산을 지나 우리들의 등록금을 대러
아버지가 나오던 그때
"네가 나가거라"
어머니는
아버지의 낡은 코트 몇 단쯤
줄인 코트를 내밀었다
광장은 멀고
아버지는 벌써 몇 개의 기차를
건너뛰고 있다

푸른 강을 거슬러 집으로 가는 길

늦잠을 자고 아침 운동을 나섰다 안보회관 뒷산을
돌아 강가에 이르러 낯선 고양이를 만났다 전에 없
는 일이라 고양이와 일별을 하고 싶은데 녀석이 벤
치 아래로 숨는다

녀석의 눈동자가 총기를 잃었다 총기를 잃는다는 건
관계에 대한 상실이거나 생존에 대한 불확실이겠다

돌아가신 어머니의 마당에는 주인 없는 고양이 네
댓 마리 어슬렁거렸는데 어머닌 가끔 마당 한가운데
양은솥을 걸고 녀석들 몫으로 미역국을 끓이셨다 그
것들도 사람과 다른 게 일절 없어야 어머닌 아궁이
에 불을 지필 때도 그것들이 있는지 먼저 확인했다
짐승들이라고 막 대하면 안 되어야

그러나 나는 어머니가 아니어서 끝내 총기를 잃은
고양이를 버려두고 그곳을 떠났다 모든 사람이 다
어머니 같을 순 없으므로 짐승을 막 대한 게 아니라

그들은 그들의 길이 있다고 변명하면서 푸른 강을
거슬러 집으로 왔다

유보留保

그녀가 마지막으로 지녔던 그 짐들을 정리했다

색색의 볼펜과 다이어리 그리고 흰 모슬린 원피스

여전히 주먹을 꼭 쥔 채 누워 있는 그녀에게

의사는 호흡기를 떼어야 한다고 말했다

병원 진료실 그녀가 살아내지 못할 창으로 내일의
담쟁이가 한낮을 뜨겁게 오르고 있었다

아버지의 노래

　친구 아버지 칠순 잔치 친구가 아버지를 업고 노래를 부른다 캄캄한 세상 캄캄하게 살다 간 아버지 떠올라 콩밭 서리하듯 가슴 울렁여 어떤 방향에서 바람이 불어도 그곳이 길이라던 아버지 똥 밭에서 한세상 살다가는 바람도 다 이유가 있다 하던 그 바람을 이제 꽃이라 부르자던 아버지 골바람 켜 켜 놓인 시끄러운 담장도 나팔꽃 피어 드니 좋으시다 하던 당신 불어난 여름 장마 무궁한 말 잠재우고 당신의 흉터조차 장사 지낸 여름 이제야 알겠네

철암여관

변방에서 변방으로 해가 지고 있었다

잣나무 골

철암여관

해가 지던날

그 남자의 손수건 끝에는

낙타를 몰고 가는 소년이 있었다

아버지가 몰고 오는 낙타에 달을 매달아 달리던 소
년은

이제 이유를 만들어서도 그곳에 가지 않는다

한뎃길

햇살이 나팔꽃처럼 떨어지는 거리를 걸어
문 닫은 사무실 앞에 섰다
녹슨 문을 열어 압류 고지서 몇 장을 사무실 책상
에 올려놓는데
고지서로 쓸려간 길이 한뎃길처럼 쓸쓸하다

들어오고 나가던 인기척이 증발하면서
모니터에 만년필 꼭지 지우개 모서리 위에까지 모
이던 먼지

낡은 손수건을 꺼내 마술을 보이는 서커스맨인 것
처럼
한뎃길 먼지를 쓸어내리는데
한때는 꿈 같았을 시간이
길을 잃고 사라진다

어머니는 늘 한뎃잠을 자지 말라고 하셨는데

어머니의 이사

　버리고 싶은 것까지 몽땅 싣고서야 하물며 보풀이
아주 많이 생긴 스웨터, 지하방 습기에 머저리가 된
전기난로까지 싣고서야 어머니는 용달차에 기어를
넣도록 했다

　도착해 보면 지렁이처럼 어둡고 긴 미로 지저분한
미용실 슈퍼 분식집 이제껏 지나온 모든 길이 다시
복사되는 어머니의 이사

　무엇 하나
　제대로 세운 것 없어 어쩔 줄 몰라 슬픈 내게

　사는 건 마음 먹기 달렸다는 듯
　어머니의 가구
　기우뚱기우뚱 아무렇지도 않게 지하 골목을 내려
간다

나는 왔던 길 되돌아 나가지도 못하고,
엉거주춤 이삿짐에 딱 붙어 복사된다

서울의 달

서울로 간 아이 방을 얻어주고 미처 넣어주지 못한
이불과 베개랑 필요한 것들을 챙겨주고 아이가 혼자
살아야 할 방 침대 위에서 함께 누워보고 산이 가까
워 운동하기 좋겠다고 학교만 다니지 말고 운동하라
고 잔소리를 하곤 남편과 아이 그리고 내가 나란히
서울의 낯선 골목을 내려오는데 온통 같은 모양의
집들이라 나는 돌아갈 아이의 귀향이 걱정되기만 해
서 인제 그만 돌아가라고 하다가 묵묵히 앞장선 전
철역에서 아이를 안아주고 돌아서다가 아이의 쓸쓸
한 목에 머플러를 벗어 주고 또 추운 날의 입김이 따
뜻하다는 걸 아이가 잃을까 봐 아이의 손을 자꾸 흔
들어 사랑한다고

흐르는 강물처럼

미끼가 움직이자 낚싯줄이 팽팽히 당겨지고,
아버지의 손바닥보다 더 큰 놈이 천 길 벼랑 끝으
로 사라진다
이제는 줄을 좀 놓으시라고요
뜰채에다 대가리를 콱 박아야 한다니까
이놈아
떡밥 문다고 세상 다 내 것이더냐 내 집 문지방 넘
은 놈만 내 것이지
자꾸만 오른쪽으로 밀리는 세상
아버지의 낚싯줄
오늘도 팽팽하다

수치羞恥의 무게를 숙달로 고쳐 부르는 일

아버지의 몫은 가계의 슬픔을 부양하는 일

한 톨의 슬픔도 반 톨의 슬픔으로

아 더 먼 꼭대기로 더 먼 곳의 이력으로 옮겨주세요.

가계의 불온한 기억이 완전히 지워지도록

먼저 자란 뿌리가 먼저 부러진 나무의 이력을 부양
하는 것처럼

낮은 곳의 수치羞恥를 건디다 보면 언제나 그 어원
은 저절로 터득될 터

한 줄 한 줄 밀어낸

아버지의 수치羞恥

종일 숙달로 고쳐 부르는 일

여름비

그때 학곡리, 언덕에 있었다

그녀도 그곳에 있었다

그녀의 모슬린 치마는

태우기에 너무 아까워

잠시 울었다

까마득할 수밖에 없는

까마득한 여름비

까마득하게 언덕을 채운다

서랍 속의 길

지난봄, 서랍 속을 뒤지다 오래전 넣어둔 와이셔츠 아래
잠자듯 누워 있는 나방을 만났다

손으로 집어내는 순간
음속보다 빠르게 질주하는 너

하나둘 쌓아 놓은 어제를 버리고
서랍 속 겨울을 탈피하는구나

땀방울 가득한 소금꽃, 너의 흔적

벼랑 끝 추락도 멀지 않았을 터
서랍 속 어둠을 택한
너의 결단이 오늘의 열망을 만들었겠구나

나 또한

구겨진 어제를 안아 서랍 문을 잠그면

맨발로 봄길을 나설 수도 있겠구나

팔월

붕대 감긴 얼굴을 맨손으로 쓸었다.

손톱 아래

분홍빛 꽃잠이 감겼다

팔월이었다

사람들은

병원 언덕 아래를 헐떡이며

오가고

그녀도

헐떡이며 하루를 지낸다

가족사

휴대전화에 결제문자가 떴다

매운 순대 이만 사천 원

매운 순대를 통해 녀석의 살아 있음을 확인하고

저녁이 오는 집 문고리에

새 김치를 매달아 주고 왔다

언젠가 부모님 이혼이 거론되었을 때

고3이던 녀석이 말했다

나는 아버지랑 살 거야

모두 비껴가기로 한 어둠을 녀석이 선택한 날

결국 어머니는 이혼하지 못했고

녀석은 예전 그 집에 산다

지금껏 살았던 날들에 대한 찬사

촛불을 켜자 후두두
청둥오리가 언 강을 뛰어오르는 소리
스물아홉 남자가 스물일곱 여자를 바래다주던 어
떤 저녁처럼

인사명단에 당신의 이름이 올랐네, 축하해
온전히 사람들을 빛나게 하는 게 꿈이라던 당신

중대하고 명백한 사유가 없는 한
변방의 리와 면과 골짜기를
발자국 하나로 키우던 당신, 당신의 이력,

주소지 불명을 처리하는 속도
북산면 뱃길이 소양강 배터에 도착하는 속도
마을의 상수도가 얼어붙는 속도
비가 내리면 산 흙이 물러앉는 속도, 다리가 끊기
는 속도

체납을 처리하는 길잡이의 속도
통계가 도시의 부양정책에 이바지하는 속도
당신이 시민을 부양하는 관계성을 따지던 오후의
속도
34년의 불면이
리와 면과 골짜기 세상을 키우는 동안

왼쪽이든 오른쪽이든 서 있는 자리는 다르지 않고
아무리 높은 다리도 다리 가운데까지만 오르면 다
오를 수 있다던 당신
당신의 서른 몇 해 사람을 위한 용기와 애씀과 헌
신에 감사하며

앞으로 살아야 할 많은 날은 지금껏 살았던 날에
대한 말 없는 찬사라고

남한산성

그해 남한산성 임금을 줄 그어 읽던 봄비의 포장마 차에서 마흔과 이별했다 둑이 무너지는 것처럼 강물 들이 불어나던 겨울강의 아랫도리까지 얼음이 얼었 다 미스타페오의 길 아래로 눈이 굴렀고 겨울빛은 참대처럼 눈을 찔렀다

그해 임금은 남한산성에 있었고 나는 포장마차에 서 마흔하나를 잃었다

맑은 탄식

다 나은 것 같구나
두 번의 수술과 석 달 동안의 재활치료
(아마, 다시 일어서기 힘들 겁니다)
돌아오는 길 어머닌 차 안에서 맑게 탄식하신다

다 나은 것 같구나

버드나무 꽃가루가 창 앞으로 쓸린다 파랗게 워셔
액을 쏘아 맑은 탄식을 쓸어낸다
애 우냐
어머니와의 마지막 외출
노제를 위해 잠시 멈춘 강
오체투지[1]의 강
소주빛깔로 흐른다

---

1) 오체투지五體投地란 자기 자신을 무한히 낮추면서 양 무릎과 팔
꿈치, 이마 등 신체의 다섯 부분이 땅에 닿도록 하는 절을 뜻한다.

가만히 평온하게

그녀의 작은 어깨를 안았다
한쪽이 닳아진 운동화를 그녀의 한쪽 옆에 넣고
또 한 번 가만히 어깨를 안았다

뜨거운 여름
칼국수를 가만히 먹던 그녀
유채꽃처럼 가만히 물결치던 머리카락
굴곡진 어깨가 잠시 가벼웠던 것도 그녀였다

세상은 빠른 속도로 그녀 앞을 질주했고
그녀는 자주 바뀌는 세상의 질서에
한쪽 운동화가 닳아지도록 애썼다

세상은 그녀가 사라지자 다시 평온해지고
사람들은 그녀가 애초에 없던 것처럼
그렇게 가만히 평온해졌다

아버지와 스타벅스

병원 앞 스타벅스에서 아버지를 기다린다 의사가 짚어주는 모니터에는 아버지의 미세폐종이 민들레 꽃처럼 하얗다 아버지를 만나기 전 이 어둡고 눅눅한 말들을 정리해야 한다 나는 갑자기 말을 잊어버린 마고 인형처럼 우두커니 앉아 있다 아버지를 맞는다 한쪽으로 기운 아버지의 어깨 위로 여름 햇살이 매달려 들어온다 내가 말아 먹은 것이 어디 아버지의 어깨뿐이랴 한 뼘 남은 산허리 돌밭을 말아먹던 날도 어머니 기일이었다 자식 이겨 먹는 부모는 없다 나는 평생 부모를 이겨 먹고 살았다 무거운 기억들이 아지랑이처럼 나타났다 사라진다 별일 아니라지 아버지가 커피 크림이 묻은 막대를 휘젓는다 별일 아니래요 건너편 지붕에 담쟁이가 오른다 담쟁이는 부서지지 않게 최대한 꽉, 기와를 잡고 있다

한낮의 낙화

나이를 짐작조차 할 수 없는 노인이 건널목 그늘에
앉는다
노인은 검은 비닐봉지를 꽉 잡고 있다
노인이 잡고 있는 비닐봉지의 아귀에는 틈새가 없다
노인의 평생도 저러했을 것이다

노인의 휴대전화가 울린다 조금만 조금만 기다리
라우
서걱서걱 노인의 음성이 묻힌다
말이 새는 노인을 붙잡고 한 사람이 인사를 한다

어디 다녀오시는 갑소

안사람이 마이신을 사개지구 오라잖소

아이구 더운데 많이 아픈 갑소

한낮 땡볕이 노인의 다음 말을 삼킨다 건널목에 파
란 불이 들어오고 노인이 몸을 느릿 일으킨다

　　건널목은 이미 붉은 신호등

　　노인의 손에서 벗어난 마이신

　　흰꽃이 한낮을 낙화한다

관계와 연대를 위한 방향성
혹은 벽을 마주하는 거리와 속도

김정수(시인)

> 난 존재하느라 으깨어진 것 같아.
>
> 그게 내게 글을 쓰겠다는 욕망을 주지.
>
> – 마르그리트 뒤라스

1

탁운우 시인의 첫 시집 『혜화동 5번지』는 내 삶의 중심과 사회의 언저리에서 벌어지고 유지되고 무너지는 일(사건)들의 관계와 연대 그리고 방향성에 관심을 집중한다. 시인은 연민의 지도 위에 그린 삶의 풍경을 사회변혁과 실존적 사유, 생명존중이라는 뚜

렷한 좌표로 찍어 보여준다. 그 과정에서 시인은 삶 앞에 벽을 둔다. 그 벽은 유형이든 무형이든 스스로 허물거나 우회하거나 뛰어넘어야 할 대상이므로 시인은 벽 앞에서 좌절하거나 저항하거나 상처를 받기도 한다. 벽과 벽 사이는 앞으로 마주칠 세계에 대해 갈등하고 사유하는 공간이다. 벽이 가진 고유의 특질, 즉 시인이 앞에 어떤 벽을 세우느냐에 따라 서 있는 공간의 성격이 특징지어진다. 벽은 하늘과 맞닿으려는 방향성과 공간을 가두려는 구속성을 동시에 지니고 있다. 물러설 수 없는 상황에 직면한 시인은 경계와 한계를 극복하면서 앞으로 나아가야만 한다. 오래 한 자리에 서 있는 정체의 경험은 벽의 견고성과 수직성에 눌리는 결과를 초래한다.

시인은 새로운 벽을 만들고 허물면서 "난 존재하느라 으깨어진 것 같"(이하 「뒤라스의 고백」)은 고통과 글을 쓰겠다는 욕망을 표출한다. 욕망 뒤에 찾아오는 희열은 고통의 산물이지만 그 과정은 "땅에 엎드린 집을 짓고", "친밀한 희망"과 "연대를 쌓"는 일과 다름없다. 공공성과 합리성에 주목한 하버마스를 들먹이지 않더라도 이번 시집은 공권력에 대항하는 혁명과 투쟁, 연대 등 시민의 공공성과 밀접한 관

지배하에 뽑히는 순간까지 종속된 존재로 남을 수밖에 없다. 문제는 "못을 토해"낸 콘크리트 벽에도 자리를 바꿔가며 두드리면 끝내 못이 박힌다는 사실이다. 단단한 대오를 자랑하지만 어느 한 곳은 못에 틈을 내어주고, 못을 "토해낸 자리마다" "캄캄한 어둠"이 들어찬다. 저항의 상처를 지켜보던 시인은 "다시 빼도 되지 않을 단단한 못자리"를 떠올린다. 현실의 자리에서 상처받은 가족과 이웃을 너무 많이 경험했기 때문이다. "차라리/ 못이 되"고 싶을 만큼 지켜보는 고통 또한 심하다. 이와 같이 벽은 내 안에 자리 잡고 있는 타자성을 내면화하고 속성을 가지고 있다. 그 벽을 만들고 끌어안고 허무는 것이 시인의 일생이라 해도 과언은 아니다.

높이를 잃었다고 생각해
집으로 돌아오는 버스 안
네가 미끄러진 어떤 곳

촉수처럼 예민한 너의 평생이
낡은 버스 속 팔걸이에 기대다니

민들레 뿌리보다 더 깊이 박힌

런이 있다. 특히 시인은 사회변혁의 방편으로 연대와 혁명을 끌어들여 벽을 허무는 망치 역할을 부여한다. 그 과정에서 직간접적으로 경험하고 축적한 세계를 시적으로 형상화하는 데 심혈을 기울인다. 시인이 앞에 둔 벽을 뛰어넘는 행위는 정끝별 시인이 「가지가 담을 넘을 때」란 시에서 노래한 '연대의 중요성'과 일맥상통한다. 이 시에 의하면 "수양의 늘어진 가지가 담을 넘을 때/ 그건 수양 가지만의 일"이 아니라 뿌리와 "꽃과 잎이/ 혼연일체 믿어주"었기 때문이라는 것이다. 또한 비와 폭설 같은 자연환경, 그리고 목련이나 감나무 같은 주변의 도반이 있었기에 수양버들의 가지가 담을 넘을 수 있었다는 것이다. 탁운우의 시는 자아와 타자의 연대와 관계성 그리고 상호작용으로 인한 변화에 끊임없이 천착한다. "아직도 촉망받는 것들의 공공성"(「늦은 점심」)으로 가는 과정이나 그 결과에서 시인은 정의, 가치, 겸손, 균형과 같은 "삶의 명도"(「고양이의 명도銘刀」)를 중시한다. "더 부서지지 않기 위해서/ 다른 길"(「끝내 이기는 길」)을 갈 때 필요한 것은 올바른 방향성이다. 또한 "세상과 나 사이"(이하 「필요한 건 속도가 아니라 거리」)에 "필요한 건 속도가 아니라 거리"라는 확연한

인식은 사람들과의 관계에서 좌우명처럼 작용한다. 나를 둘러싸고 있는 생활환경의 연대성을 중시하는 시인은 벽 앞에서 서서 "나를 깜깜한 어둠 속으로 밀어 넣던 질문들을 꺼내 시"(이하 「자서」)를 쓴다. "더 멀리 돌아가 깜깜한 어둠 속에서 길을 찾"는 탁운우 시의 세계로 들어가 보자.

2

나무 벽에는 쉽게 못이 들어갔다
단 한 번의 못질에도 쉽게 제자리를 내주는 벽

지난여름 이사한 집에서는
단 한 번의 망치질도 성공하지 못했다
자로 재 정확하게 날아간 망치에도
못을 토해
내 손을 찌르던 벽

토해낸 자리마다 들어차던 깜깜한 어둠

다시 빼도 되지 않을 단단한 못자리는 없었을까

오늘 나는
차라리
저 벽이 되어보기로 한다

— 「못질」 전문

서시와도 같은 「못질」은 이번 시집의 방향성과 으로 숙성시킨 견고하고도 부드러운 목질木質의 기 탐구를 보여준다. 시인에게 벽을 뚫는 행위는 인에 의한 자아의 해방이나 자율의지, 혹은 "순수 권리"(「순수할 권리」)를 획득하는 것과 다르지다. 시인 스스로 앞에 놓은 벽은 누군가 낸 "칠한 은 틈"(「상처」)이나 외풍을 막아주지 못하는 비(「빈 바람벽을 이고 가위눌리던 밤」)이 아니라 가를 걸어두어야 하는 유용성의 자리에 존재 이사를 하면 액자나 옷걸이, 달력 등 벽에 걸어게 많다. 벽은 어떤 재질로 되어 있느냐에 따라게 못을 받아들인다. "나무 벽은 쉽게 못을" 받이지만, 콘크리트 벽은 "자로 재 정확하게 날아치"질에도 못을 튕겨낸다. 전자가 수용이라면는 저항이다. 쉽게 못을 허용한 나무 벽은 이후

너의 가난을 어쩌지 못해
종양이 자라는 뇌수 한쪽을
봄빛인 양 살았구나

조문도 혁명처럼 빛나던 시대
버스 속 팔걸이에서 네 평생을 놓치다니

조문을 마치고 돌아오는 길
튀니지의 재스민 혁명을 듣는다

                              ― 「혁명의 시대」 전문

가난한 아우의 집에서
짬뽕에 소주 반병을 했다
녀석의 집에는
체 게바라 평전이 포섭된 사상가처럼 먼지를 이고
있는데

나는
꾹 다문 녀석의 대가리에 대고
잘 먹고 잘살아라
일갈하고는
낡아서 제구실을 잊은

우리의 푸른 제복을 아우의 책장 너머에 버려두고
왔다

지하철은 한없이 느리고
뻔뻔하게 승자를 갈아치우며 달리지만

나는 아직도 의자를 갈아치우지 못 한다

－「아우의 체 게바라」전문

시인의 주석에 의하면 "재스민 혁명"은 튀니지의 민중혁명으로, 튀니지에서 흔히 볼 수 있는 꽃 이름을 따 서방 언론이 붙인 명칭이다. 시위의 발단은 2010년 12월 남동부 지방도시인 시디 부지드 거리에서 무허가 노점상을 하던 한 청년의 죽음에서 시작되었다. 튀니지 민중은 반정부 시위로 영원할 것 같은 독재 체제를 한 달도 되지 않아 무너뜨렸다. 가난하게 살다가 뇌종양에 걸려 죽은 한 혁명가를 조문하고 돌아오면서 공교롭게 "튀니지의 재스민 혁명을 듣는다". 기본적으로 혁명은 통치형태를 바꾸는 것이지만 사회·경제적으로 급격한 변화를 의미하기도 한다. 기존 가치체제를 부정하고 깨뜨려 좀

더 나은 사회를 만드는 것이다. 시인이 생각하는 혁명가는 체제를 전복하기 위해 투쟁하는 사람이라기보다 높은 가치를 추구하는 사람이다. 혁명가의 길 끝에는 가난과 아픈 몸 그리고 죽음이 존재한다. 하지만 "조문도 혁명처럼 빛나던 시대"를 산 "네 평생"은 실패한 삶이 결코 아니다. 마찬가지로 "체 게바라 평전이 포섭한" 아우의 혁명은 현재진행형이다. 가난이나 부조리, 정의를 위해 투쟁하지만 아이러니하게도 혁명가의 삶은 빈곤에서 벗어나지 못한다. 「아우의 체 게바라」에 등장하는 아우도 마찬가지다. "잘 먹고 잘살아라" 했지만, 시인의 마음 한편에서 그 길을 끝까지 함께 걷지 못한 미안함과 부끄러움이 솟아오른다. 틈, 사이로 상징되는 그 부끄러움은 "밖에서 들어와 박힌"(이하 「상처」) 것이 아니라 "내 안의 부끄러움이 돋아난 것"이라 더 치명적이다.

3

전반적으로 탁운우의 시는 존재의 의미와 가치를 묻고 있다. 내가 벽을 세우지 않아도 삶은 무시로 내 앞에 와서 벽이 된다. 시인은 같은 공간에 머무는 사람들에게 손을 내밀어 연대를 시도한다. 연대 방식은 혁명에서 멀어진 시인이 존재성을 확인하는 또 다른 방편이다. 시인은 타인과의 연대를 통해 나의 존재 이유를 되묻기도 하고, 사회의 벽을 통과하려 끊임없이 낮은 시선을 유지한다. 그 시선 끝에는 사회적 약자인 소외된 이들이 존재한다. "인도 중간 어디쯤 스티로폼"(「꽃 피는 시기」)을 펴고 자는 사람, 용산 참사로 희생된 사람들(「남일당 망루에 오른다」), 재개발 과정에서 "적이거나 동지"(「내전의 기억」) 싸운 이웃들, "몸통보다 더 큰 파지를 실은 노인"(「노인의 꿈」), 철거지역에 홀로 남아 고독사한 노인(「전망 좋은 방」), "시급 830원을 올려 달라고"(「천 길 허방」) 했다가 실형을 받은 홍대 청소노동자 등. 이들에 대한 연민과 연대는 앞에 놓인 벽을 허물어가는 과정과 상통한다. 시인에게 연대는 내 삶의 가치를 높이고, "불행을 희망으로 재생"하고 회복하는 일이다.

　한 사람이 떠나자 우리는 다 같이 서로의 모가지를 끌어안았다 겸손한 단 한 사람만이 골목 끝 세탁소를 향했는데 도시의 하수가 끝나는 지점에는 겸손한 시민을 위로하는 희망세탁소가 운영되고 맑고 깨끗한 운영을 위해 매달 시민의 주머니에서 적정액이 이체되지만 누구도 세탁소 시민이 되는 건 진실로 꺼린다 세탁소에서는 매번 적정한 매뉴얼로 시민의 불행을 희망으로 재생시킨다고 광고하지만 누구도 겸손한 불행이 지워지거나 회복된 적이 없다는 것을 잘 알고 있다

　　더 이상 비상할 무기도 없어 모가지를 걸어두고
　　　　　출근하던 날

　　도시의 하수 세탁기의 프로세스를 통과하다 말고 세상과 작별한 시민의 소식을 듣는다 오늘도 세탁소 매뉴얼은 겸손한 시민의 자세를 조금 더 착하게 재생하려 애쓰고 속삭인다 오늘 네가 떨어진 그 다리는 별게 아니라고 조금만 더 겸손해지면 오늘 떨어진 그 다리에 다시 오를 수 있을 거라고 우리는 차마 무거워 흘리지 못하는 눈물을 지우고 다시 다리에 오른다

　　　　　　　－「다리 가까운 데 오르는 법」 전문

　사회적 죽음을 진술하는 시인의 태도는 울분에 차거나 지나치게 경건하지 않고 덤덤하다. 사물을 통해 묘사하거나 감정을 내세우지도 않고 교훈적 메시

지를 내세우지도 않는다. 그저 "다 같이 서로의 모가 지를 끌어안"고 "겸손한 단 한 사람"의 죽음을 슬퍼할 뿐이다. 사건과 슬픔의 간극에는 '간접'이라는 가상의 벽이 존재한다. 같은 공간에서 같은 일을 하는 것이 아니라 "세상과 작별한 시민의 소식"을 전해 듣기 때문에 차분할 수 있는 것이다. 타인의 옷을 세탁하는 것과 도시를 세탁하는 것이 다르지 않다는 명확한 명제에도 불구하고 세탁소에서 "도시의 하수 세탁기의 프로세스", 그리고 "오늘 네가 떨어진 그 다리"와 "시민의 자세"가 제시하는 더 이상 비상할 무기는 선명하지 않다. "겸손한 불행이 지워지거나 회복된 적 없다"면 오히려 "불행을 희망으로 재생시켜"야 한다. 하지만 이는 광고, 즉 과장된 가상 공간에서만 존재하는 무형의 것이다. 현실은 "눈물을 지우고 다시 다리"에 올라야 하므로 가상의 현실을 넘어 슬픔은 극대화된다. 무거움을 무겁지 않게, 그렇다고 가볍지도 않게 거리와 속도를 조절함으로써 죽음을 다시 생각하게 하는 겸손한 시작법이다.

모래 발자국을 그린다는 것이 사막에 끼인 모래알을 그렸어

빗물 밴 골목으로 저녁이 내리고
혜화동 5번지로 복지사가 다녀갔어

말랑한 햄버거를 삼키던
당신이 말했지 가면은 당신과 어울리는 단어야
아마 그날 눈이 내렸던 것 같아 나는
당신의 입술을 조금 열어 검은 공기를 환기시켜 주었지

당신은
우는 것 같더군
복지사에게 말해줘야 할까 봐
당신이 사라졌다고 그래서 찾는 중이라고

당신이 좋아하는 사막을 그려

사막에 갇힌 어둠을 수거해 당신의 입술에 매달아
아, 펜촉이 왼쪽 집게손가락을 스쳐서
피가 나는 중이야 붉은 입술이 떠올라
나의 꿈이 반 고흐라고 입술을 비틀며 웃던
당신을 갈기자 당신이 사라졌지

바람을 일으켜 모래 관棺을 만드는 중이야
당신을 항해할 치사량의 모래

혜화동 5번지 당신이 들어서는 걸
알아봤지만

이미 늦었어
누군가 발견하기를 명복을 빌어

ㅡ「혜화동 5번지」 전문

똑같이 사회적 죽음을 다른 「혜화동 5번지」는 "어
쩌다 태어나 돌아가지 못하고 살아내는 나와 당신과
우리"(「자서」)의 삶의 현장이자 고행이다. 혜화동 5
번지는 서울시 종로구에 실재하는 공간이면서 도시
빈민의 척박한 삶이 응축된 보편적 공간으로 재편성
된다. 시적 화자는 눈이 내린 저녁에 햄버거를 사 들
고 당신의 집을 방문한다. 집안 공기가 너무 탁해 창
문을 열어 환기를 시킨다. 사막처럼 삭막한, 금방이
라도 죽을 것 같은 상황에서 누군가 찾아오자 당신
은 눈물을 흘린다. 화가가 꿈인 당신은 "당신을 항해
할 치사량의 모래", 즉 금방 숨이 넘어가기 직전이
다. 당신의 집을 방문한 시적 화자는 죽음의 순간을
지켜보고 있다. 죽음이라는 극한 상황을 다루고 있
음에도 이 시의 발화점發火點은 뜨겁지 않다. 오히려

"복지사가 다녀갔어"라는 발화發話는 사막이나 가면, 화가라는 "나의 꿈"을 만나 환幻의 세계를 자아낸다. "모래의 발자국" 대신 "사막에 끼인 모래알"을 그린 당신의 꿈은 "이미 늦었"다. 시인은 외롭고 쓸쓸한 현실 공간 대신 환의 공간을 소환해 꿈의 상실을 슬픔을 치유하려 시도하고 있다.

4

시인의 시선은 시종일관 낮은 곳에 머문다. 사회 부조리와 모순, 약자에 가해지는 폭력에 대한 고발과 사회적 연대의 밑바탕에는 생명존중 사상이 깔려 있다. 시인의 생명존중은 사람에 그치지 않고 "며칠 굶어"(「자폐」) 뱃구레가 달라붙은 고양이와 "커피 똥을 싸다 죽은 고양이"(「순수할 권리」), 오랜 여행으로 물을 주지 않아 "이파리만 남긴 채 죽"(「땅 위의 꽃이 어떻게 시들었든」)은 알로카시아, "명절에 들어온 상자 속에서"(이하 「사물은 당신이 보이는 방향에서만 가깝습니다」) 썩어가는 사과와 같은 동식물로 확장된다. 이런 확장은 그들이 "한때 빛나는" 존재라서가 아닌 사람과 더불어 살아가야 할 소중한 존재이기 때문이다. "매일 매일 사정권 아래로 밀려나는" 사람들은 "당신이 보이는 방향에서 가깝"다는 사실을 인지하는 순간 삶의 방향성은 정해진다. "사물은 당신이 보이는 것보다 훨씬 더 가까이 있다"는 깨달음은 주변의 삶을 돌아보게 만든다. 내 삶의 방향성에서 타인의 삶, 더 나아가 사회의 방향성까지 살피는 데까지 안목이 넓어졌음을 의미한다. 이는 삶의 선택성, 즉 "두 개의 문 앞에서" (이하 「두 개의 문」) "당신의 방향이 옳았"다는 사실을 인정하는 것과 다르지 않다.

질경한 햇볕이 아스팔트에 눌어붙는 한낮

몸통보다 더 큰 파지를 실은 노인의 리어카

빈틈없이 들어찬 생의 행진이 뜨거운 수프처럼 쏟아져 노인은 잠시 무릎을 꺾는다

각혈하듯

팔호광장 교차로의 차들이 멈춘다

목이 부러진 선풍기 한 대가 노인의 리어카를 벗어난다

갈퀴 같은 발가락이 허덕이며 선풍기를 쫓는다 붉은색 신호등이 녹색으로 바뀐다

하늘로 부풀어 오른 노인의 리어카가 튀밥처럼 부

서진다

　설익은 아침밥이 튀밥처럼 번지던 오늘 노인의 방

에는 혼자 남은 아내가 잔기침을 하고 있었다

　빨간 꽃물이 깨어진 선풍기 조각에 닿아

　모빌처럼 흔들리고

　노인의 맑은 눈물 바닥에 닿는다

　평생 균형을 모르던 한쪽으로 몰린 눈동자

　입술을 깨문다

　　　　　　　　　　－「노인의 꿈」 전문

　"아스팔트가 눌어붙"을 만큼 뜨거운 여름 한낮에
리어카에 파지를 한가득 실은 노인이 춘천 "팔호광
장 교차로"를 지나다가 힘에 겨워 무릎이 꺾인다. 순
간 "차들이 멈추"고, 리어카에서 "목이 부러진 선풍
기 한 대"가 떨어져 도로 위를 굴러간다. 노인은 리
어카를 도로에 세워두고 선풍기를 주우러 간다. 로
터리 신호등이 붉은색에서 녹색으로 바뀌는 순간 미
처 노인의 리어카를 보지 못한 차가 들이받아 부서
진다. 노인과 "잔기침을 하"는 아내에게 리어카는
유일한 생계수단이다. 삶이 더 막막해진 노인은 "입
술을 깨"물며 눈물을 흘린다. 하나의 문이 닫히면 다

른 문이 열려야 하는데, 이 세상을 "함께할 공평의
계산기"(「내전의 기억」)는 존재하지 않는다.

　　저 위의 꽃이 어떻게 시들었든 저 아래의 뿌리가 어
　　떻게 죽어가든 치렁치렁 눈물을 매달고 온 힘을 다해
　　저항하는 저 붉은 싱싱한 힘 나는 차마 더는 화분을
　　흔들 수 없어

　　　　　　　　　－「땅 위의 꽃이 어떻게 시들었든」 부분

　　물러서지 않는 한 너는 제자리를 지키겠구나

　　이제껏 세상이 알아줄 자리 하나 지키지 못해
　　물러서며 깨지는 욕망에 침 뱉던 날들
　　돌아서며 번지던 눈물

　　위에서 위, 아래에서 아래, 앞에서 앞으로, 뒤에서
　　뒤로

　　다시 일어설 때는 껍질 속에 또 한 껍질을 넣고 살
　　자고

　　　　　　　　　－「달걀의 한 꺼풀에서 지도를 읽는 아침」 부분

「땅 위의 꽃이 어떻게 시들었든」에서 시인은 삶과 죽음의 길항작용을 통해 저항하는 "싱싱한 힘"을 경험한다. 화분의 알로카시아는 혼자의 힘으로 살아갈 수 없는 나약한 존재이다. "뜨거웠을 베란다에서 저 혼자 한낮을 보낸 알로카시아"는 잎이 마르고, 꽃이 지고, 결국 뿌리까지 말라 죽는다. 스스로 죽은 것이 아닌 누군가의 잘못으로 죽은 것이다. 타살, 특히 사회적 죽음에 시인의 시선이 머물지만 정작 시인은 일정 거리를 유지한 채 존재의 고유 가치를 파악하려 한다. 화분 속에서 흙과 알로카시아는 한 몸과 다름없지만, "꽃이 어떻게 시들었든 저 아래의 뿌리가 어떻게 죽어가든" 슬쩍 외면하는 듯한 자세를 취한다. 죽어서도 "제자리를 지키"는 것들을 더 이상 "흔들 수 없"는 건 "가끔 내가 사냥감인가 궁금"(「불안 소거 매뉴얼」)한, 즉 누군가 똑같이 내 목을 쥐고 흔들 수도 있다는 반전 가능성과 사회적 환경 때문이다. "이제껏 세상이 알아줄 자리 하나 지키지 못"했다는 자책과 "물러서며 깨지는 욕망", 그리고 "돌아서며 번지던 눈물"은 생명이 있는 것들을 사랑하는 시인의 마음에 닿아 있다.

5

앞에 선 벽을 허물었을 때, 벽은 더 이상 벽으로서 존재하지 않고 길이 된다. 벽을 허무는 과정에서의 고통은 시인이 온전히 감내해야 할 숙명과도 같다. 살면서 맨 처음 마주한 벽은 '나'일 수 있지만 나와 가장 가까이, 오래 심리적·사회적 관계를 맺고 살아가는 가족을 무시할 수 없다. 혈연으로 맺어진 공동운명체인 가족은 벽과는 거리가 먼 안락이나 행복, 사랑과 같은 감성이 먼저 떠오른다. 가족사를 다룬 「아버지의 목소리」, 「북산상회」, 「화양연화」, 「푸른 강을 거슬러 집으로 가는 길」, 「아버지의 노래」, 「어머니의 이사」, 「서울의 달」, 「흐르는 강물처럼」 등의 시에서 가장 먼저 떠올린 심상은 연민이다. "제 몸보다 큰 떡잎을 지고도/ 비명 하나 지르지 않"는 "아버지의 몫은 가계의 슬픔을 부양하는 일"(수치羞恥의 무게를 숙달로 고쳐 부르는 일)이고, "버리고 싶은 것까지 몽땅 싣고"(어머니의 이사) 다시 습기 찬 지하방으로 이사하면서도 어머니는 아무렇지도 않다는 듯 행동한다. "부모님 이혼이 거론되었을 때/ 고3이던 녀석"(이하 「가족사」)이 아버지를 선택해 "결국, 어머니는 이혼하지 못"한다. "마음이 닿기는 더욱 어려운"(「오래된 슬픔」) 곳에 슬픔을 밀어 넣고 앞에 놓인 벽을 함께 허물면서 살아갈 길을 찾는 것이 가족이다. 가족은 "맨발로 봄길을 나설 수 있"(「서랍 속의 길」)는 힘이자 든든한 배경이다. 가족 해체나 상실의 순간에도 끈끈한 가족애로 위기를 넘긴다.

병원 앞 스타벅스에서 아버지를 기다린다 의사가 짚어주는 모니터에는 아버지의 미세폐종이 민들레꽃처럼 하얗다 아버지를 만나기 전 이 어둡고 눅눅한 말들을 정리해야 한다 나는 갑자기 말을 잊어버린 마고 인형처럼 우두커니 앉아 있다 아버지를 맞는다 한쪽으로 기운 아버지의 어깨 위로 여름 햇살이 매달려 들어온다 내가 말아 먹은 것이 어디 아버지의 어깨뿐이랴 한 뼘 남은 산허리 돌밭을 말아먹던 날도 어머니 기일이었다 자식 이겨 먹는 부모는 없다 나는 평생 부모를 이겨 먹고 살았다 무거운 기억들이 아지랑이처럼 나타났다 사라진다 별일 아니라지 아버지가 커피 크림이 묻은 막대를 휘젓는다 별일 아니래요 건너편 지붕에 담쟁이가 오른다 담쟁이는 부서지지 않게 최대한 꽉, 기와를 잡고 있다

－「아버지와 스타벅스」전문

자식으로서 늙고 아픈 부모를 바라보는 건 힘든 일이다. "두 번의 수술과 석 달 동안의 재활치료"(「맑은 탄식」)에도 끝내 돌아가신 어머니와 다친 "아버지의 어깨", "한 뼘 남은 산허리 돌밭을 말아먹은" 것도 다 '내 탓'인 것만 같다. 돌밭을 팔던 그날이 하필 "어머니의 기일"이라 자책은 더 깊다. 의사로부터 아버지가 앓고 있는 병이 "미세폐종"이라는 말을 듣고 "병원 앞 스타벅스에서 아버지를 기다리"는 시인은 애써 담담하려 하지만 "갑자기 말을 잊"고 당황한다. 무심히 "별일 아니라지" 묻는 말에 "별일 아니래요" 받아넘기는 시인의 말에서 아버지는 '당신의 중병'을 짚어낸다. 팽팽한 "아버지의 낚싯줄"(「흐르는 강물처럼」)이 느슨해지는 순간이다. "어떤 방향으로 바람이 불어도 그곳이 길"(「아버지의 노래」)이다. 삶과 죽음의 벽 앞에서 제자리를 지킨 사람들은 다 가족이다. 다시 한 번 말하지만, 시인은 늘 벽을 앞에 두는 사람이다, 벽과 벽 사이에서의 사유가 시를 깊어지게 한다.

한결시집 012

혜화동 5번지

초판 1쇄 인쇄 2020년 09월 20일

초판 1쇄 발행 2020년 12월 01일

지은이_탁운우
펴낸이_박성호

편집디자인_도서출판 한결
표지디자인_박성호

펴낸곳_도서출판 한결
등록번호_제198호
등록일자_2006년 9월 15일

강원도 춘천시 공지로 121-1(석사동 310-5 삼원빌딩)
대표전화_033_241_1740 팩스_033_241_1741
전자우편_eunsongp@hanmail.net

ISBN_ 978-89-92044-51 6 03810

ⓒ 탁운우

이 책은 저작권법에 따라 보호를 받는 저작물이므로 무단전재와 복제를 금지하며, 이 책의 내용의 전부 또는 일부를 이용하려면 반드시 저작권자와 도서출판 한결의 서면동의를 받아야 합니다.

이 책은 춘천문화재단 후원으로 발간 되었음.